AF315226

M. DASIES,

A

M. LE COMTE DE SEMALLÉ.

(1817)

M. DASIES

A

M. LE COMTE DE SEMALLÉ,

Concernant un article qu'il a fait insérer dans la Quotidienne (29 mars dernier), ainsi que sa réponse aux inculpations de M. le marquis de Brosses dans son Adresse à la chambre des députés, en faveur de M. le marquis de Maubreil.

MONSIEUR LE COMTE,

L'ARTICLE que vous avez fait insérer dans la Quotidienne, le 29 du mois dernier, et que les autres journaux ont copié, m'a rappelé votre nom que j'avais oublié.

Cet article est ainsi conçu :

« Un mémoire de M. le comte de Semallé, ancien commissaire du Roi, vient de faire connaître des circonstances assez remarquables sur le vol des diamans de l'ex-reine de Westphalie en 1814, et sur la conduite ultérieure de M. de Maubreil *qui en fut accusé.* »

Un journal s'imprime si rapidement, me suis-je dit après la lecture de cette annonce , que le compositeur aura oublié le mot *injustement* , qui, sans doute, complétait la phrase; car, en annonçant un mémoire qui fait connaître des circonstances remarquables sur le vol des diamans de la princesse de Wurtemberg, certainement M. le comte de Semallé, qui convient que M. de Maubreil *fut accusé* de ce vol, ce qui veut dire qu'il *n'en est plus accusé* , donne les noms des véritables voleurs de ces diamans.

Plein de cette idée, j'allai de libraire en libraire demandant ce mémoire ; tous me répondirent qu'ils ne connaissaient de vous qu'une réponse aux inculpations de M. le marquis de Brosses. Quoique *réponse* et *mémoire* ne soient pas synonymes pour tout le monde, je crus que ces deux mots l'étaient pour vous, et j'achetai cette réponse dans laquelle je me promettais de voir enfin signaler des voleurs qui avaient été assez adroits pour détourner les soupçons qu'on pouvait fonder

sur eux, et les faire reporter sur des inno-
cens.

A peine eus-je parcouru les premières lignes
de votre brochure, que je reconnus combien
je m'étais trompé.

Oserais-je vous demander, M. le comte,
par quelle raison vous me mettez inconsidéré-
ment en scène dans une lettre que vous appe-
lez *modestement* : « Réponse aux inculpations
de M. le marquis de Brosses », quand ce noble
et courageux défenseur de la cause de son
ami ne m'a nommé qu'une seule fois dans son
Adresse à la chambre des députés, et nommé
pour proclamer qu'un *arrêt de la cour royale
me mit en liberté*. Il aurait pu ajouter que la
chambre d'accusation avait prononcé *qu'il n'y
avait pas lieu à accusation contre moi* : point
important dont vous avez une connaissance in-
time.

Ce que vous dites à M. le marquis de Brosses au début de votre lettre, je puis vous le
dire : moi aussi, je serais resté tranquille spec-
tateur de votre combat polémique avec lui,
si vous vous étiez abstenu, comme tout vous
le prescrivoit, de rappeler au public qu'en
votre qualité de commissaire du Roi, en 1814,
vous m'avez fait éprouver des vexations qui

outrepassaient vos pouvoirs ; car ils vous pres-
crivaient d'être juste : je ne me serais nulle-
ment occupé de vous, si vous ne laissiez pas
le public dans l'incertitude de savoir si je suis,
ou si je ne suis pas encore sous le coup de la
loi ; et ce qui est bien plus atroce, si vous ne
me signaliez pas comme un homme dont les
intentions *auraient pu être funestes à l'auguste
maison de Bourbon.* Je suis donc dans l'obliga-
tion de répondre à tout ce que vous articulez
dans votre lettre, non pour vous, mais pour
le public, puisque c'est à lui encore plus qu'à
M. le marquis de Brosses que vous vous adres-
sez. Si je ne suis pas aussi concis que je le
voudrais, au moins je serai méthodique, mais
sur-tout, *vrai jusqu'au scrupule,* et pour que
rien ne soit obscur dans ce que je vais dire,
je remonterai à l'origine des faits dont vous
entretenez le public dans votre lettre.

Je ne connaissais M. le marquis de Maubreil que par son dévouement à la cause des
Bourbons, et je partageais son enthousiasme
sur ce point, quand le hasard me rapprocha
de lui en 1814, à la place Vendôme. Si l'on
veut se rappeler cette époque, on devinera fa-
cilement la conversation que nous eûmes alors
ensemble. En nous séparant, M. de Maubreil

m'engagea à me rendre le lendemain chez M. Vantaux, rue Tait-bout, n° 18. Vous trouverez, me dit-il, une réunion de gentilshommes tous aussi dévoués que nous à la légitimité de la dynastie des Bourbons.

Je me rendis à heure convenue chez ce M. Vantaux : lorsque j'y arrivai, on agitait la question de savoir quel uniforme on prendrait pour aller au-devant de *Monsieur*, et tout le monde pencha pour l'habit de garde national, qui fut adopté, et avec lequel on se présenta à la rencontre de ce prince chéri.

Dans les premiers jours d'avril, étant allé chez M. Vantaux, je m'y trouvai avec M. de Maubreil : il sortait du gouvernement provisoire. Chacun s'enquerrait de lui de là nouvelle du jour : Rien autre chose, nous dit-il, sinon que je suis chargé d'une mission importante, et tellement importante, qué l'on m'a autorisé à donner le grade de colonel à ceux que j'emploierai, et dont j'aurai lieu d'être satisfait par la manière dont ils s'acquitteront des ordres que je leur donnerai.

Il était assez naturel de lui demander quelle était cette mission : sa réponse fut que c'était son secret.

Moins curieux, ou peut-être plus enthou-

siaste que les autres, et présumant que cette
mission était à l'avantage de la bonne cause,
je dis au marquis de Maubreil que, sans cher-
cher à pénétrer son secret, j'étais prêt à l'ac-
compagner. Voilà, répondit-il, des hommes
comme il m'en faut. A quelques jours de là il
me rencontra sur la place du Carrouzel, et
me donna un rendez-vous à l'effet de l'accom-
pagner chez le ministre de la guerre, de qui je
n'étais pas connu, et me présenta comme un
gentilhomme attaché à la cause du Roi. Ce
ministre m'accueillit très - bien. Après quelques minutes d'une conversation à laquelle je
prenais part, il emmena le marquis de Maubreil
dans une encoignure, parla quelques minutes
avec lui, revint vers moi et me dit que je n'a-
vais rien autre chose à faire qu'à suivre les ordres de M. de Maubreil; alors, sur la demande
que celui-ci lui en fit, il me délivra le double
de ces ordres.

Lorsque nous eûmes quitté le ministre, M. le
marquis de Maubreil me dit de me préparer
pour notre départ qu'il fixa au lendemain. Je
me rendis, comme nous en étions convenus,
rue Cérutti, n° 16.

Quand j'arrivai chez lui, je le trouvai occupé à écrire : son travail dura à-peu-près

une heure. Alors on vint l'avertir que les chevaux de poste étaient attelés à sa voiture ; j'y pris place avec lui, et nous partîmes le 18 avril.

En traversant le boulevard nous vous rencontrâmes, M. le comte ; permettez-moi de vous rappeler ici une circonstance bien importante que vous paraissez avoir oubliée :

Vous nous fîtes signe d'arrêter et vous avançant à la portière, vous complimentâtes M. de Maubreil et lui dîtes ces propres mots : « Vous êtes à même de rendre un grand service aux Bourbons et à la France, je vous vois partir avec plaisir. » Puis, au moment de nous quitter vous le priâtes de laisser à votre disposition, pendant son absence, son cheval de selle que vous aviez déjà monté, ce à quoi il acquiesça avec plaisir.

Ce fut peu de temps après seulement, dites-vous, *que j'appris qu'on avait délivré à M. de Maubreil les pouvoirs les plus étendus pour remplir une mission secrète :* et, quelques lignes plus bas, ne vous rappelant plus que ce fut plusieurs jours après que vous avez été instruit de l'obtention de ces pouvoirs, *signés* Dupont, Anglès, Bourienne, etc. etc., vous dîtes · *Tous ces faits vinrent à ma connaissance le même jour ;* et vous ajoutez, après une citation que vous tirez de la lettre de M. le marquis de Brosses : *le lendemain j'appris* que cette mission de la plus haute importance, avait eu pour résultat *l'arrestation sur le grand chemin d'une femme sans appui, privée de tout secours, et l'enlèvement de ses effets.*

Pour ne pas me montrer difficile avec vous, M. le comte, j'adopte vos deux versions sur l'instant où vous fûtes instruit des pouvoirs donnés au marquis de Maubreil à l'effet de remplir une mission secrète; mais permettez-moi de vous dire à mon tour : Comment, vous, commissaire du Roi, auriez-vous pu être le premier témoin d'un dépôt d'*effets enlevés à une femme sur un grand chemin?* Comment auriez-vous été assez peu réfléchi pour souffrir que ce dépôt se fît chez votre ami, M. Vantaux, inspecteur des trésors de la couronne (c'est ainsi que vous le qualifiiez alors)? Investi, comme vous l'étiez, de la confiance du Roi, vous vous seriez bien gardé de vous immiscer dans une affaire que vous auriez su être un guet-apens. Mais, bien convaincu qu'elle était gouvernementale, et qu'il existait des ordres ministériels pour son exécution, alors elle était de votre ressort. Vous voyez, M. le comte, que si je n'approuve pas la tournure, tant soit peu perfide; que vous donnez à l'arrestation des effets qui suivaient la voiture de l'ex-reine de Westphalie, au moins je conviens qu'il était de votre devoir d'en ordonner le dépôt par-tout où bon vous semblerait, même chez votre ami M. Vantaux.

Je serais encore tentéde me récrier sur le tableau peu véridique que vous faites de la manière outrageante, avec laquelle on interrompit la marche de l'ex-reine. Mais j'ai réfléchi que pour me rendre, ainsi que M. de Maubreil, très-odieux aux yeux du public, vous aviez été obligé de rembrunir ce tableau : je regarde donc ce petit épisode comme la simple preuve de la flexibilité de votre talent dans l'art d'écrire. Effectivement, ce n'est pas tout d'instruire son lecteur, il faut aussi savoir l'amuser, et c'est à quoi vous réussissez parfaitement.

J'arrive à un point plus sérieux et sur lequel vous avez commis encore nombre d'erreurs.

M. le marquis de Maubreil et moi, qui ne nous doutions guères qu'une mission ministérielle était un diplome de détrousseurs de grand chemin, nous l'avions remplie en loyaux chevaliers français ; et *neuf caisses* (quoique vous n'en accusiez que *six*) contenant des trésors appartenans à la France avaient été fi-

dèlement envoyées par nous le 22 avril 1814,
et non pas le 19 comme vous le dites, sous une
escorte militaire, chez votre ami M. Vantaux,
chez lequel vous demeuriez. Il était neuf heures
du matin quand la voiture dans laquelle elles
étaient placées entra dans sa cour, et de suite
elles furent déposées dans ses appartemens,
où vous vous trouviez ainsi que M. Geslin,
son beau-frère.

Que ces caisses fussent ou ne fussent pas le
fruit d'une expédition autorisée, puisque le
dépôt en était fait et avait été reçu par vous
et par vos amis, comment l'idée ne vint-elle à
aucun de vous trois, pardon de l'interpellation,
de faire apposer de suite le scellé sur ces caisses, après la reconnaissance faite de leur con-
tenu en présence d'un commissaire? Par quelle
bizarrerie furent-elles transportées dans un cabinet qui se trouvait derrière le lit de M. Vantaux, où M. de Maubreil et moi, accompagnés
de MM. Geslin et Vantaux, les vîmes, le 22
avril, à minuit.

En nous retirant, M. Vantaux nous dit qu'il
nous attendrait le matin à huit heures précises.
Exact au rendez-vous. J'y vins huit heures son-
nant. Il n'était pas visible : j'y revins à neuf, à dix,
à onze, même invisibilité : ce ne fut qu'à midi

qu'il se montra ce même matin. Le 23, M. de Maubreil très-fatigué de son voyage donna l'ordre à son domestique de faire porter chez M. Vantaux, une dixième caisse. Cette caisse, il l'avait apportée dans sa voiture, et non dans la mienne, comme vous le dites, car je n'avais pas de voiture à moi, quoique *commissaire du gouvernement*, qualité que j'étais en droit de prendre, ne vous en déplaise, puisqu'elle était justifiée par les ordres dont j'étais porteur. Ces ordres, je vous les ai exhibés ; vous auriez bien voulu les retenir ; grâces à mes forces physiques, vous en souvenez-vous, je les ai conservés en mon pouvoir, en me contentant de vous en laisser prendre copie.

Voyez, M. le comte, comme vous vous fourvoyez dans le chemin de la vérité ; mais nous ne sommes pas au bout.

Vous m'avez arrêté, dites-vous, lorsque je me présentai chez M. Vantaux : de quel droit l'eussiez-vous fait ? vous n'êtes ni huissier ni gendarme. Pourquoi donc vous donner aux yeux du public pour un arrêteur ? emploi utile à la société, mais qui, réellement, n'a rien de noble. C'est chez M. de Vitrolles, que j'avais vu plusieurs fois relativement à cette affaire, et par le ministère d'hommes autorisés par la loi, que j'ai été arrêté pour être conduit à la préfecture, puis, par suite, transféré à la prison de la Force, d'où je ne me suis point échappé, comme vous l'affirmez encore contre le cri de votre conscience. Vous n'avez pas pu ignorer, M. le comte, ce que tout le monde a su : c'est que, tiré de ma prison le 10 octobre, à l'effet de me conduire chez le juge d'instruction, la voiture dans laquelle j'étais, traversant la place de l'Hôtel-de-Ville, fut arrêtée par trois ou quatre personnes qui se présentèrent à la portière, et m'en firent descendre en me disant que j'étais libre. J'avoue que cette manière de recouvrer ma liberté m'étonna, d'après les persécutions dont je venais d'être victime; cependant, j'en profitai pour me rendre chez M. Couture mon défenseur. C'est de son cabinet que j'écrivis à monseigneur le chancelier, et à M. Dufour, juge d'instruction que j'étais prêt à me remettre sous les verrous, s'il y avait lieu à accusation contre moi. Certes, une pareille conduite n'était pas celle d'un coupable.

Avant d'en venir à mon arrestation, j'aurais dû, M. le comte, m'étendre un peu plus sur les pouvoirs qui autorisaient la mission donnée à M. de Maubreil et à moi. J'aurais dû dire que ces pouvoirs, délégués par le ministre de la guerre, par le baron de Sacken, alors gouverneur de Paris, par le général prussien, par le commissaire provisoire chargé du portefeuille de la police générale, et par le conseiller d'état directeur général des postes, ne pouvant pas être argués de faux par vous ; vous trouvez tout simple d'affirmer, dans votre réponse au marquis de Brosses, qu'ils avaient été surpris à la religion des signataires. Ainsi, d'un trait de plume, vous transformiez en hommes ineptes, des hommes d'un mérite transcendant, et généralement reconnu. Il faut, M. le comte, que vous en ayez un bien supérieur au leur : j'oserai vous demander si tout le monde est de cet avis.

En vous lisant, ma tête se fatigue, et je vais me hâter de terminer ma justification, non pas vis-à-vis de vous, mais vis-à-vis de vos lecteurs au tribunal desquels vous me citez. Vous leur dites, page 12 de votre brochure, « que vos cor-
« respondances vous avaient instruit que j'avais
« été à Lyon pour me rapprocher de Bona-
« parte ; que j'étais revenu à Paris avec lui,
« que j'avais eu des conférences à Saint-Ger-
« main avec M. de Maubreil, et que ces mêmes
« correspondances vous avaient confirmé mon

« arrestation par la police de Réal : qu'indé-
« pendamment de vos correspondances, le
« journal des Débats du 14 avril 1815 vous
« avait confirmé dans l'idée qu'il existait un
« accord entre Bonaparte, Maubreil et Da-
« sies, et que cet accord ne pouvait exister
« que dans les intentions les plus funestes con-
« tre l'auguste maison de Bourbon. »

Vous n'y avez pas pris garde, M. le comte,
mais ici votre plume a été plus vite que votre
esprit, ensorte qu'au lieu d'une phrase intelli-
gible, vous avez produit un galimathias qu'il
est presque imposible de débrouiller. J'ai été
à Lyon au-devant de Bonaparte, puis je suis
revenu à Saint-Germain, voilà ce qu'il y a de
plus clair dans votre assertion.

D'abord ce n'est pas à Lyon, c'est à Auxerre,
ce qui est bien différent, où j'ai été au-devant
de lui ; tant qu'il fut devant Lyon j'avais,
comme les bons Français, l'espérance qu'on
s'opposerait victorieusement à sa marche, ce
qui aurait eu lieu sans la trahison de plusieurs
généraux. Une fois à Auxerre, je ne pouvais
plus douter qu'on lui frayait le chemin de la
capitale : je vous le demande, M. le comte, devais-je ou ne devais-je pas sauver mon honneur
aux dépens de ma vie ? Et le pouvais-je autre-

ment qu'en me justifiant des fausses imputations parsemées dans le récit de la mission dont M. d e Maubreil et moi avions été chargés. Avoir fait rétrograder les trésors que son frère emportait ne pouvait être à ses yeux, comme aux yeux de son conseil, qu'une mesure politique, et ni lui ni son conseil ne pouvaient regarder comme criminel l'homme employé pour la mettre à exécution. Ainsi, me justifier sur les autres imputations, voilà quel était mon but; et je réussis, parce que je mis dans tout ce que je dis ce ton de vérité que j'aurais désiré trouver dans votre lettre. Pourquoi donc mêler le nom sacré des Bourbons dans cette démarche que mon honneur comme la conservation de ma vie me dictaient ?

Quant au voyage de Saint-Germain, je vous l'avoue sans craindre vos reproches : je le fis dans l'intention de voir M. de Maubreil : je savais qu'il y était allé pour y passer quelques jours près d'un de ses compagnons d'armes, le comte Danés, alors maire de cette ville, comme il l'est encore aujourd'hui.

J'étais descendu à l'hôtel du prince de Galles, d'où je me fis conduire chez M. le comte Dasies , pour qu'il voulut bien m'indiquer la demeure de M. de Maubreil; au moment où l'on m'annonçait, j'aperçus M. de Maubreuil avec une personne qui m'était entièrement inconnue; c'était M. Villiaume, qui, dans le cours de notre conversation me fit part du projet qu'il avait d'aller à Gand dès qu'il aurait touché quelques louis qu'on lui promettait et qui lui devenaient nécessaires pour sa route : j'en tirai cinq de ma bourse, les lui remis, et le félicitai de son heureuse idée d'aller dans une ville que notre souverain légitime avait choisie pour son séjour momentané.

J'aurais encore bien des circonstances glorieuses pour moi, je puis le dire sans vanité, à ajouter à tout ce que j'ai dit de relatif à la mission que j'ai remplie avec M. de Maubreil; mais je ne dois pas abuser plus long temps de la patience de ceux qui me liront. Si cependant, M. le comte, il vous prenait la fantaisie de répliquer à ma lettre; alors plus prolixe et moins discret, je donnerais le mot de l'énigme d'une affaire qui n'a déjà que trop occupé les esprits, et pour le confirmer j'invoquerais le témoignage de M. le comte de Falkenstein et celui d'un personnage bien au-dessus de lui par sa naissance et par son rang.

Quant à vous, M. le comte, quoique vous ayez dit dans votre réponse à M. le marquis de

Brosses, comme je l'ai mentionné plus haut,
que j'avais eu des intentions qui auraient
pu être funestes à l'auguste maison des Bourbons : je désire que votre attachement à
cette dynastie sacrée soit aussi pur que le
mien. Je n'ai pas attendu pour en donner des
preuves qu'on me décorât de croix, ou qu'on
me comblât, de grâces pécuniaires. Dans tous les
temps et à toutes les époques j'ai servi la bonne
cause : les ennemis de mon Roi sont devenus
les miens, et je porterai toute ma vie les mar-
ques honorables de mon devouement à sa
personne : si je n'ai pas succombé dans la der-
nière lutte que j'ai soutenue à Bruxelles contre
des écrivains aussi audacieux que méprisables,
je ne m'en félicite que par l'espoir de trouver
peut-être encore l'occasion de prouver que,
près ou éloigné de ma patrie, je n'en conserve
pas moins le cœur d'un vrai Français.

DASIES.

DE L'IMPRIMERIE DE Mme JEUNEHOMME,
rue Hautefeuille, n° 20.